L'ADIEU DU PLAIDEUR A SON ARGENT.

Le ieu de Paulme et le Palais,
Sont (ce me semble) de grands frais,
Les tripots et les plaideries,
Sont le vray ieu du Coquimbert:
Car il en couste aux deux parties,
Et en tous deux qui gaigne pert.

L'ADIEV du Plaideur à son Argent.

ADieu mon Or, et mes Pistolles,
A-dieu mes belles Espagnolles,
A-dieu mes Escus au Soleil:
Messieurs les Maistres des Requestes
Et les Aduocats du Conseil
Auront dequoy passer les Festes.

A dieu mes amoureux Testons,
A-dieu mes larges Ducatons,
A-dieu mes quarts-d'Escus de France:
Les Coppistes et les Commis
Ne m'ont point laissé de Finance,
Et m'ont pillé mes bons amis.

A-dieu mon Or et ma Monnoye,
A-dieu mon Amour et ma ioye,
A-dieu mes gentils Pistollets:
Que mal heureuse soit la vie,
Et des Maistres et des Valets,
Qui m'ostent vostre compagnie.

Vrayment il n'estoit ja besoing
De vous apporter de si loing,
O belles et riches Medailles!
Pour vous donner à des larrons,
A des voleurs et des canailles,
Qui vous font seruir de jettons.

Race de gens abominable
Qui vous prise moins que le sable,
Et ne fait presque point d'estat
Des bourses mesme mieux garnies,
N'est-ce pas estre trop ingrat,
En prenant l'argent des parties?

Qui penſeroit qu'aupres du Roy
Des voleurs nous donnent la Loy?
Et que leurs vols et brigandages
Surpaſſent meſme les larcins,
Les rapines, et les outrages
Qui ſe font ſur les grands chemins.

Plaideurs qui auez des affaires,
Que dites vous des Secretaires
Et des Clercs de vos Rapporteurs?
Que dites vous de l'auarice
Et de l'humeur de ces voleurs
Qui vendent ainſi la Iuſtice?

Et vous qui ne ſçauez que c'eſt
De faire donner vn Arreſt,
Eſcoutez à combien d'harpies
Vous faites manger voſtre bien
En procez et chicaneries,
Qui ne valurent iamais rien.

Si vous auez vn bon affaire,
Auparauant que de rien faire,
Il faut prendre beaucoup d'argent,
Il en faut trouuer sur des gages,
Et obliger à cent pour cent
Vos rentes et vos heritages.

Allez vous plaider au Conseil,
On ne vous voit point de bon œil,
Si vous n'y portez des Pistolles,
Il y faut laisser vos Escus,
Et n'emporter que des parolles
Pour y estre les biens-venus.

Il faut quitter vostre Patrie,
Il faut hazarder vostre vie,
Suyuant le Roy par le païs,
Et pensant faire vos affaires,
Peut-estre serez vous trahis
Par des coquins de Secretaires.

Il faut presenter le Ducat,
Et l'escu d'or à l'Aduocat,
Pour acquerir ses bonnes graces,
Et si le clerc n'a de l'argent
Il vous fera laides grimaces,
Et ne sera iamais content.

Il faut pour appaiser ce drolle
Vous deffaire d'vne pistolle,
Il en faut pour vous presenter,
Pour faire dresser vos deffences,
Et aussi pour vous appointer
Sur de legeres consequences.

Il faut suyure le Reglement,
Il faut leuer l'Appointement,
Il faut dresser vn Inuentaire,
Il faut produire dans trois iours,
Et pour quelque petit affaire
Il faut faire de longs discours.

C'est icy qu'on serre l'anguille,
Et c'est icy que l'on vous pille:
Car les cent francs n'abondent rien,
Et de la façon qu'on vous volle
Il faut donner tout vostre bien
Pour payer vn escu du rolle.

Cependant *vous suyuez la Cour,*
Où vous faites vn long sejour
Auec vne grande despence:
Iamais personne n'est content,
Et tout le monde recommence
A vous demander de l'argent.

Ayant payé vos escritures,
Voicy de nouuelles blessures,
Il faut estre solliciteur,
Il faut gaigner la bonne grace
Du clerc de vostre Rapporteur,
Où bien il est froid comme glace.

Vous

Vous l'irez voir cinq & six fois,
Mais si vous ne parlez François,
Et ne iettez dessus la table
Vos pleines mains de quarts d'escus,
Vous le verrez inexorable,
Et vous ne luy parlerez plus.

Ne pensez pas qu'il se contente
De cest argent qu'on luy presente,
Sçachez que ce n'est iamais faict,
Si vous perdez ceste coustume
Il ne fera point son extraict,
Et n'aura ny encre ny plume.

Tant que vous aurez vn teston,
Vous n'en aurez iamais raison,
Si vous ne vuidez vostre bourse,
Vous n'en aurez que du mespris,
Et faut recourir à la source
Lors que les ruisseaux sont taris.

Il faut descoudre vos pistolles
Qui sont dedans vos camisoles,
Et luy en donnant deux ou trois,
Il minuttera quelque page,
Souz esperance toutefois
Qu'il en aura bien dauantage.

Il faut despenser vostre bien,
Pour achepter son entretien,
Et auoir l'oreille du Maistre,
Encore n'est-il pas content
Si vous ne le sçauez repaistre
De l'esperance d'vn present.

S'il vous fait voir par courtoisie
Les pieces de vostre Partie,
Il luy faut payer le festin,
Il luy faut faire bonne chere,
Et le traiter vn beau matin
Au logis de la Boisseliere.

Pauure Plaideur, ce n'eſt pas tout,
Encore n'es-tu pas au bout
De ce grand bois de la Iuſtice,
Où ſe trouuent tant de voleurs,
Et où demeure l'auarice,
Qui eſt cauſe de tes malheurs.

Voicy vn Huiſſier qui exige
Plus que ſa charge ne l'oblige,
Et ſi tu ne le rends content,
Il employe ſes artifices
Pour tirer de toy plus d'argent
Qu'on n'en baille pour les eſpices.

Encores en fait-il refus,
Si ce ne ſont des quarts d'eſcus:
Car le moyen diſent ces drolles,
De diuiſer en tant de parts
Les eſcus d'or & les piſtolles,
Comme on fait les eſcus en quarts.

Ayant consigné les espices,
On exerce d'autres malices
Sur ta bourse qui n'en peut mais,
Car si ta cause est terminee,
Ton arrest ne se fait iamais
Que sa bourse ne soit vuidee.

Il faut aller chez le Greffier
Voir ton arrest, & le prier,
Que sur le champ il l'expedie,
Il faut trois liures pour le veoir,
Et quelque chose qu'on luy die
Il en faut douze pour l'auoir.

Il faut vn escu au Coppiste,
Autrement il fera le triste,
Et te lairra le fin dernier,
Il te fera beaucoup de grace
S'il t'expedie le premier,
Quelqne present que l'on luy face.

Maintenant garde bien ta peau:
Car quand il faut aller au ſceau,
C'eſt vne vraye eſcorcherie,
Où l'on prend l'argent d'vn chacun,
Hé! bon Dieu que de volerie!
De prendre quatre ſeaux pour vn.

Enfin pour tant de grandes ſommes
En ce maudit temps où nous ſommes,
Tu n'auras que du parchemin
Auec vn peu de cire iaune,
Il vaudroit mieux les mettre en vin
De Gaillac, de Graue, ou de Beaune.

Or par ce qu'il m'eſt arriué
Que Meſsieurs du Conſeil Priué,
N'ont iugé le fonds de ma cauſe,
Ains m'ont remis au Parlement,
Il eſt bien raiſon que i'en cauſe,
Puis qu'il aura de mon argent.

Primò, *Ie crains fort la chicane,*
De quelque Procureur Marrane,
Qui sçaura nourrir mon procez,
I'apprehende ses procedures,
Et crains qu'il n'y ayt de l'excez
Parmy toutes ses escritures.

Ie crains fort vn Clerc affamé,
Lequel ne soit point estimé
Que pour frequenter les Beuuettes,
Demander pinte & puis le pot,
Et qui n'a iamais de pochettes,
Quand il faut payer son escot.

Ces drolles n'ont point de memoire
Si ce n'est quand on les fait boire,
Ils disent à de pauures gens
Qu'ils sont tousiours à l'Audience,
Qu'ils sçauent faire les despens,
Et s'en moquent en leur presence.

L'Audience eſt vn Cabaret,
Le bon vin blanc & le clairet
Sont les deſpens qu'ils ſçauent faire,
L'vn eſt aßis, l'autre debout,
L'autre en mengeant parle d'affaire,
Mais la partie paye tout.

Cependant qu'ils font bonne chere,
Leurs Maiſtres boiuent la poußiere
Et les atomes du Palais:
Et puis ils vont à leurs Maiſtreſſes
Le front ioyeux & le tein frais,
Faire leurs ieux & leurs careſſes.

I'eſpargneroy les Procureurs:
Mais on m'a dit que les meilleurs
Sont les plus grands larrons de France:
Ils ſont donc beaucoup de larrons,
Car ie vous dis en aſſeurance
Que les Procureurs ſont tous bons.

Il faut que i'escriue le stile
Du plus sçauant & plus habile
Qui soit dedans le Parlement.
Premierement il faut escrire,
Et luy enuoyer de l'argent
Pour auoir vn morceau de cire.

Quelquefois ce petit morceau
Demeure long-temps souz le seau,
Et par apres on expedie
Le relief en vertu duquel
Vous intimez vostre Partie
Pour aller plaider sur l'appel.

Vous rescriuez par l'ordinaire,
Qu'on prenne soing de cest affaire,
Vous priez vostre Procureur,
Que dans tel iour il se presente;
Mais si vous n'estes bon payeur
Iamais cela ne le contente.

Ayant

Ayant touché de vostre argent,
Il se monstre plus diligent;
Mais c'est pour prendre dauantage:
Car ayant pris tout ce qu'il faut,
Il vous rescrit en son langage,
Qu'il vous faut leuer vn Deffaut.

Vous asseurant à ses parolles,
Vous enuoyez quelques pistolles
Pour cest auare Chicaneur:
Car vos parties d'ordinaire
Ont comparu par Procureur,
Quand il vous mande le contraire.

Il vous escrit ainsi souuent
Pour auoir tousiours de l'argent,
Si vostre cause n'est instruitte,
Il faut enuoyer des quibus,
Afin d'en faire la poursuitte,
Autrement on n'y songe plus.

La maladie continuë
Quand le procez ſe diſtribuë,
Et les habiles Procureurs
Mettent l'argent ſouz leurs ſerrures,
Que les miſerables Plaideurs
Enuoyent pour leurs eſcritures.

Or vous n'auez le plus ſouuent
Ny eſcritures ny argent:
Car l'auarice eſt bien ſi grande,
Qu'au lieu de payer l'Aduocat
Monſieur le Procureur vous mande
Que le procez eſt en eſtat.

Et cependant tout au contraire;
Car il arriue d'ordinaire
Qu'on n'a pas conclu au procez:
Vous quittez lors voſtre meſnage,
Mais il vous faſche par apres
D'auoir fait ſi toſt le voyage.

Car arriuant au Parlement
Il faut encore de l'argent
Pour retirer vos escritures:
Et ainsi vostre Procureur
Se paye de ses impostures,
Et l'Aduocat de son labeur.

Un Aduocat iamais ne volle
Ne prenant que vingt sols du rolle,
Mais escriuant trop amplement
Il est indigne, ce me semble,
De plaider dans vn Parlement,
Et d'y escrire tout ensemble.

Or pour les ieunes Aduocats
Ils ayment mieux fripper les plats
Que d'auoir le bruit de trop prendre;
Aussi ne vont-ils au Palais
Que pour gausser & pour reprendre,
Mais non pas pour plaider iamais.

Ils sont plustost aux galleries
Aupres des Marchandes iolies
Que non pas dedans le Barreau:
L'vn courtise sa Librairesse
Voyant quelque liure nouueau;
L'autre fait vne autre Maistresse.

Laissons-les donc ieunes & vieux,
Car tout le mal ne vient pas d'eux,
Mais des soutanes d'estamine;
Ie veux dire des Procureurs
Qui n'eurent iamais bonne mine
Qu'aux despens des pauures plaideurs.

Reuenons à leurs procedures,
Et inutiles escritures
Qu'on paye sans sçauoir que c'est:
Qu'on fait payer à la partie
Auparauant qu'auoir arrest,
Et que iamais on l'expedie.

Mais posons mesme que la Cour
Iuge quelqu'vn au premier iour,
Il luy faut payer les espices
Autrement il n'a point d'arrest:
Car ceux qui tiennent les Offices
En veulent toucher l'interest.

Apres la fin de son instance
Il faut trouuer d'autre finance
Pour faire taxer ses despens:
Et bien qu'il gaigne la victoire
Il faut payer beaucoup de gens
Pour auoir son executoire.

Un Procureur garde par fois
Ceste piece plus de deux mois
Sans l'enuoyer à sa partie:
Et puis il luy fait d'autres frais,
Et excuse sa volerie
Dessus les longueurs du Palais.

A la fin il luy fait accroire
Que ce certain executoire
Est demeuré dessous le seau:
Encore la cire est si chere
Qu'on n'en a qu'vn petit morceau
De la largeur du caractere.

Enfin apres tant de longueurs
Qu'inuentent tant de Chicaneurs;
Vostre Procureur vous demande
Ce qu'il a desboursé du sien,
Quoy que ceste race brigande
Vous ayt volé tout vostre bien.

BON DIEV! *qui sçauez nos affaires,*
Preseruez-nous de ces Corsaires;
Gardez des voleurs les marchands,
Et les mariniers des pirates:
Preseruez-nous de tels brigands,
Et nous deliurez de leurs pates.

Pour moy ſi ie plaide iamais,
Ou au Conſeil ou au Palais
Faites qu'on ne me deſenplume:
Afin que ces larrons fameux
Qui ne volent que par la plume
Me voyent voler deſſus eux.

DIZAIN.

Maudits ſoient les procez, & non pas les plaideurs,
Maudits ſoient les exploicts, & non pas les Libelles:
Ie veux, & ne veux point de mal aux Chicaneurs;
I'ayme les differends, & non pas les querelles;
I'ayme fort de plaider, & c'eſt ce que ie fuis.

I'abhorre le Palais, & c'eſt ce que ie
ſuis ;
Ie veux mal aux larrons,&veux bien
qu'on deſrobe:
Ie veux mal aux procez, & les ayme
par fois.
Or qu'eſt-ce que ie veux ? En vn
mot ie voudrois
Que tout le monde en eut horſmis
ceux de la robbe.

FIN.

www.ingramcontent.com/pod-product-compliance
Ingram Content Group UK Ltd.
Pitfield, Milton Keynes, MK11 3LW, UK
UKHW021154230726
13926UKWH00001B/105

9 782014 035865